≥貓貓≤ 真的 好奇怪！

Cats are really weird!

時而反派，時而正派，
反正就是很可愛

作者／貓日｜Neneko

有貓的日子

貓，就像一種毒，
牠神鬼莫測的行為與個性，
浮誇的方式又帶著絕世顏值，
迷惑人類的心智！

本書是以貓貓與人類的視角，
來記錄這一段，
不斷損血又補血的奇幻生活！

正在服侍貓貓的你，
將會在書中看見自己，
打算收編貓貓的你，
也會在書中看見未來的自己......
而「激歪」將變成你的口頭禪！

接下來貓日劇上60篇的日常迷你劇場，
挑戰你世界的三觀......

登場角色介紹

貓砂管理員·內內
吸貓成癮的女主角。

激歪教主·山姆
是本作的男主角，
超激反派靈魂人物。

臨演床戲的
巷口小花

貓糧管理員
兼作者‧小芭

内内的好友

常常出事的杯杯

串場仔‧開開
是本作男二，個性天真爛漫。

小蟑＆阿壁
貓貓們的好友兼宿敵。

目錄

CHAPTER 3

日常天堂路

CHAPTER 4
快樂貓貓與他的夥伴

CHAPTER 5
療癒的鬥智鬥勇

CHAPTER 6

貓！我就愛

CHAPTER 1

貓與貓奴的
相害相愛

與貓貓的生活相處下，
常常體驗到不少令人爆笑，
又讓人崩潰的行為，
但對他們這種敢愛敢恨的生物，
卻日漸迷戀到無法自拔，
每天都在過一種「互相變態」的非理性生活，
有點辛苦卻又甘之如飴……

🐾 今天怎麼那麼可愛

屎王之吻

 傲嬌的嘴，老實的屁

~睡飽精神爽！

喵啊——

爽——

呀——討厭‼

正確睡覺時機

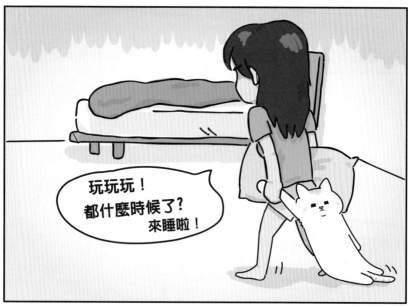

🐾 大腦有個聲音，要我這樣做

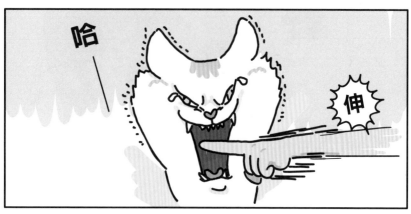

🐾 深夜怪談

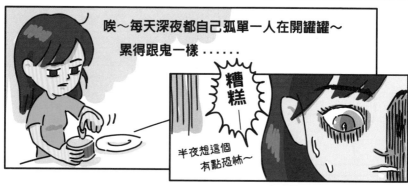

完成閃人…
換頭皮發癢了…

小蟑被人類載走咧…

～怕

罐罐開好啦！

還看個屁？
快來吃啦～

……

要帶人家去哪啦？
人家會怕啦！

🐾 門縫下，不小心露出的粉色誘惑

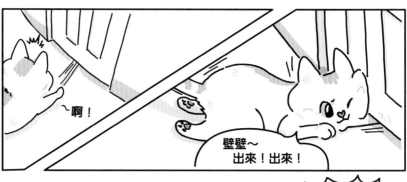

致命山竹拳

喔～這是？

是特級小山竹

可愛——

矮呀～
別害羞嘛～

躲在這裡，
是邀請我來吸你的意思嗎？

註：致敬「佩佩蛙揮拳圖」。

🐾 寶寶乖，寶寶飛

👣 聖誕驚魂記

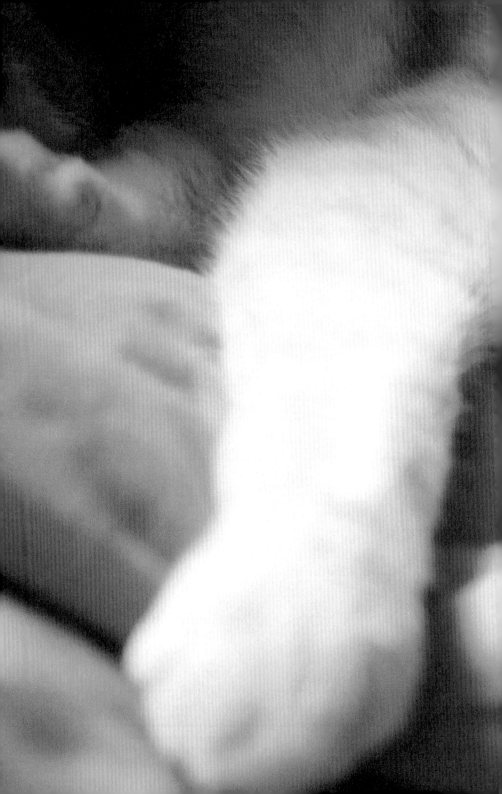

CHAPTER 2

此刻幸福，
此刻悔恨

貓貓的一舉一動，著實令人心動！
不論是被貓貓蹭臉，趴腿的寵幸，
都會想要用相機捕捉或抱緊處理，
但對過於熱情的行為，
往往會讓傲嬌的貓貓逃離當下，
記得，冷靜享受與貓的療癒時光就好，
因為……
留不住的，是像風一樣的貓貓，
最後留下的，只有空歡喜的懊悔！

🐾 貓皇不渣，貓奴不愛

🐾 睡覺之王

🐾 皇天總負苦心人

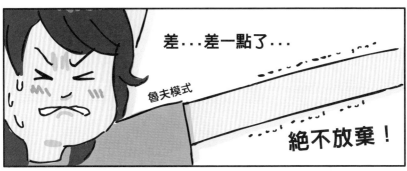

🐾 幸福時刻屎尿多

多美好的時刻啊！心靈都被淨化了～
但為什麼總是這一刻想尿尿呢…？

我要延長
　　我的幸福時光～

忍術
憋之延長術

先轉移注意力，然後

阿嘶～不太行…

這波積太多了…

我的幸福時光，
　　就要結束了嗎？

不～～～～

後宮鏟屎傳

🐾 皇上別走

🐾 淒美的愛情MV

♪ １２３４曖～昧～讓奴受盡委屈...

找～不到相愛的證據

何時該前進，
何時該放棄，

連擁抱
都沒有勇氣～

眼前的貓貓，是不是同一個～真實的你～

〈間奏請吸貓〉

🐾 床邊角落生物的求生歷程

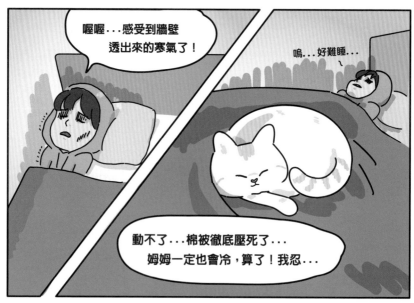

魔力便器水

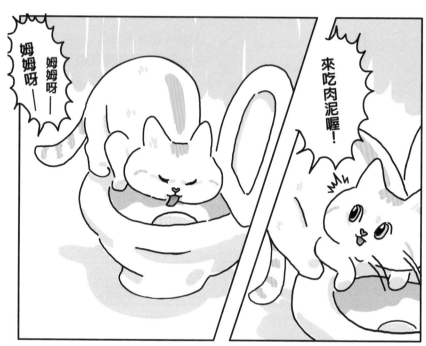

賀呀！捕獲！

天下沒有白吃的肉泥！

先來給我親一個！

姆——呀！

額～你嘴巴怎麼那麼濕呀？

剛去喝水呀？這麼乖…

等等 !!

你剛去廁所幹嘛…

🐾 無法自拔的咕嘰咕嘰作死

CHAPTER 3

日常天堂路

其實在養貓之前，以為對貓有一定程度的了解，
只是沒料到，貓貓不但戰鬥力十足，
還非常堅持自己生活SOP！
讓配合牠們的貓奴，
有種武者刻苦修行的感覺，
磨練的不僅是體力還有EQ，
壽命感覺都會因此縮短……
但另一方面，
其實還是非常佩服，貓貓怪咖般的毅力，
如果我能有牠們一半的自律，
現在可能也是所謂的成功人士吧……

🐾 貓腦君的深夜叮嚀

註：致敬「與頭腦睡前對話」網路梗圖。

打飯官之怒

該逼潰羞羞

艱困的工作環境

🐾 華麗的洗澡大戰

🐾 我家的床又大又舒服

怎麼睡得跟小天使一樣～
超級可愛啦！

歐～我的天！
這又是什麼神奇寶貝?!

矮呦～根本想把我可愛死...
唉～今晚...放棄...

🐾 夢幻早安變奏曲

🐾 我有一個夢

24個山姆

液態黃金之夜

等等可能會有點濕濕的⋯
別擔心！繼續睡妳的，
我來處理就好⋯

濕濕的？

濕濕的!!

02:50 AM

CHAPTER 4

快樂貓貓
與他的夥伴

當貓貓與人類以外的「室友」互動時，
不時上演，動物星球頻道獵殺的戲碼，
在命運的安排下，貓奴有時會搶救一些像是：
命不該絕的壁虎、蜘蛛…（沒有蟑螂）
但還是常常意外尋獲，
來自貓貓的「贈禮」～
對家中其他的小生物來說，
貓貓們實在當之無愧，
「天使中的小惡魔」這個稱謂呀！

🐾 嘎嘎嘎的追劇日常

註：致敬《冰與火之歌》裡的冰龍韋塞里昂與卓耿。

🐾 與小蟑的愛恨糾葛

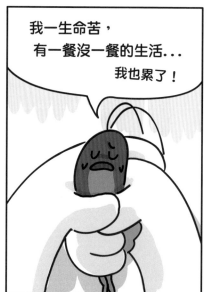

🐾 大哥，等等

姆姆的奇喵冒險

註：致敬漫畫《JoJo 的奇妙冒險》，擁有替身能力的人，會讓替身使者代替戰鬥，普通人是看不見替身使者的。

阿壁凶殺事件

「江戶川‧姆姆」是名偵探，
人稱「愛睡覺的死神」...
有他出現的地方，
就有凶案發生！

某一天...

姆姆發現鄰居阿壁，
死於非命...

凶案
事件
發生！

死因...傷勢過重！
這是...他殺！

這棟建築裡，
　　每人都有嫌疑...
凶手就在他們之中！

註：致敬漫畫《名偵探柯南》。

🐾 不講江湖規則

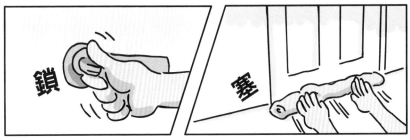

地方壞貓貓的交流

註：致敬《海綿寶寶》的「你有多壞？」網路梗圖。

寶可蟑訓練大師

寶可蟑の**慣性滑行！**

~Safe！

碰碰！

寶可蟑一旦躲起來，
想要抓到，非常困難喔！

哈哈哈

等等！

那是我房間呀！

🐾 貓家頭號大敵

註：致敬漫畫《JoJo的奇妙冒險》第3部主角與反派對決的名場景。

🐾 貓家之恥

CHAPTER 5

療癒的
鬥智鬥勇

論智力，貓在動物界裡不算高智商，
不過實際體驗過與貓貓生活後，
洗澡、修剪指甲、餵藥，甚至開罐頭，
每項行動前的謀略與戰術，都是不可少的～
但儘管有嚴密的對戰計劃，
還是常常會被貓咪耍得團團轉，
生氣之餘，依然心甘情願的敗給牠們，
因為……
貓貓實在太可愛了呀！

今晚，我要贏回來！

好擠！腰快抽筋了...
不能再這樣下去了，
我要贏回我的床！

抱歉！今晚不能寵你...
必須讓你知道，誰才是老大！

過去
過去~

5分鐘後···

爪爪爭奪戰

可愛詐欺師

膽小貓英雄

極限邊緣挑戰賽

被出賣的爪爪

註：致敬「殺手找人」網路梗圖。

卑鄙貓之助

喀喀罐罐之歌

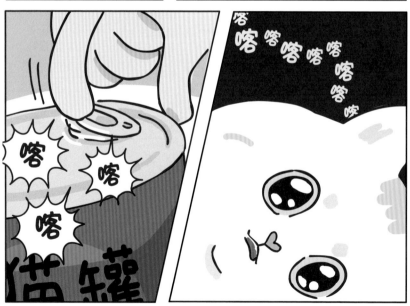

乾之煉金術師

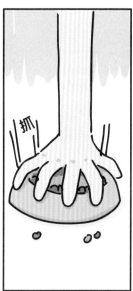

貓腦細胞

CHAPTER 6

貓！我就愛

「可愛死了！」、「超級可愛啦！」
每天不知道，要說幾次這些口頭禪，
就算貓貓平常調皮搗蛋，
看著占滿手機記憶體，也捨不得刪除的貓照；
即使會打噴嚏，也忍不住一定要吸上幾口貓；
心情沮喪時，更有貓咪發出的呼嚕呼嚕聲，
陪伴著貓奴們，療癒疲憊的心靈～
貓，是奴才們一輩子都想背負的甜蜜負擔！

吸的不是貓，是快樂

🐾 第6代健保

服務價目 menu

給摸摸　20秒.....1罐罐、1肉泥

給吸吸　15秒.....2罐罐、1肉泥

給抱抱　10秒.....3罐罐

＊加呼嚕.........1肉泥
＊超時1秒.........1蟹肉包

今天療程費用，
5罐罐、2肉泥

噢對！
超時加收蟹肉包～

🐾 物種週期對照表

	人類	貓	
可愛期			可愛期
成熟期			成熟可愛期
阿肥期			阿肥可愛期
高齡期			高齡可愛期

永遠的可愛期

腐味閃光狂想曲

棉被精靈的催眠吸引力

照片刪除障礙症候群

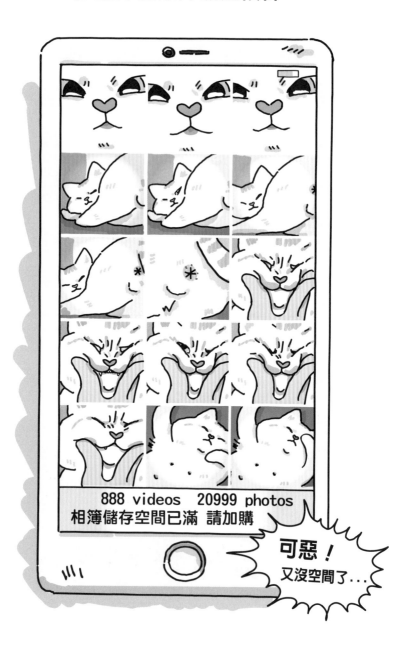

🐾 特休正確使用時機

🐾幸福餛飩製造機

神聖Kiss Kiss出門儀式

🐾魔幻療癒時刻

回家時，能對著貓貓說句：「我回來啦！」是最簡單且真實的幸福～ 很希望這幸福能永遠下去。

貓貓真的好奇怪！

Cats are really weird!

時而反派，時而正派，
反正就是很可愛

作　　者	貓日 Neneko	出 版 者	四塊玉文創有限公司
編　　輯	藍勻廷	總 代 理	三友圖書有限公司
校　　對	藍勻廷、貓日 Neneko	地　　址	106 台北市安和路 2 段 213 號 4 樓
封面設計	貓日 Neneko、洪瑞伯	電　　話	（02）2377-4155
內頁美編	洪瑞伯、林榆婷	傳　　真	（02）2377-4355
		E - m a i l	service@sanyau.com.tw
發 行 人	程顯灝	郵 政 劃 撥	05844889 三友圖書有限公司
總 編 輯	盧美娜		
發 行 部	侯莉莉、陳美齡	總 經 銷	大和書報圖書股份有限公司
財 務 部	許麗娟	地　　址	新北市新莊區五工五路 2 號
印 　 務	許丁財	電　　話	（02）8990-2588
法 律 顧 問	樸泰國際法律事務所許家華律師	傳　　真	（02）2299-7900
藝 文 空 間	三友藝文複合空間	初　　版	2021 年 09 月
地　　址	台北市大安區安和路二段 213 號 9 樓	定　　價	新臺幣 320 元
電　　話	（02）2377-1163	I S B N	978-986-5510-88-6（平裝）

http://www.ju-zi.com.tw

友直 友諒 友多聞

三友官網

三友Line@

🐾 毛孩的愛 🐾

當愛來臨時：我與我的貓老師

蘿莉・摩爾 著／劉怡德 譯
定價：360 元

一位信任神聖大地的動物溝通師、一隻充滿靈性的貓咪，彼此惺惺相惜，即使跨越生死也心靈相繫，成就一段與動物同伴相約再見的動人故事。

狗狗的愛：讓動物科學家告訴你，你的狗有多愛你

Clive D. L. Wynne 著／陳姿君 譯
定價：380 元

著名犬隻行為科學家用最清楚的方式、最有力的論證，帶領你從內而外明白狗狗的行為與思考，不只讓你更了解狗狗，還讓你更愛你的毛寶貝！

世界因你而美好：帕子媽寫給毛孩子的小情書

帕子媽 著／定價：320 元

縱使面對再多困境，只要想到還有孩子在那裡，她就有克服一切的勇氣！她是──帕子媽這本書要告訴你，除了人與人的情感，還有人與動物間更多更真實的愛。

為了與你相遇：100 則暖心的貓咪認養故事

蔡曉琼（熊子） 著／定價：350 元

畫家熊子記錄下 100 個街頭流浪的孩子尋愛的故事，用動人的畫與感人的文字，告訴正在閱讀的你，在動物與人之間，愛有多美好。

∵ 照護毛孩 ∵

新手貓奴日誌：獸醫師為你準備的完整照護指南

留博彥、郭嵐忻 著／Jiji 吉吉 繪
定價：400 元

你知道貓咪的每個行為都隱藏著什麼樣的警訊？從幼貓、青少貓、成貓、到中老年貓……每個成長階段會遇上的問題，疾病又該如何預防與治療，讓獸醫師一一為你解答。

動物醫生：讓毛孩陪你更久：結合中、西醫的觀點，為你解答動物常見疾病如何預防與治療

葉士平（Dr. Eason Yeh，DVM）、林政維、春花媽 著
定價：320 元

發炎、病毒、腎病、肝病、心臟病……這些常見的毛孩疾病，總是來得令人措手不及。為了讓他們可以陪你更久，你需要學著跟動物醫生做朋友，本書教你如何讓中西醫一同為你毛孩的健康把關！

認識動物溝通的第一本書：在那些愛與療癒的背後

Yvonne Lin 著／定價：300 元

你了解動物溝通嗎？是不是想進一步了解身邊的毛孩？希望知道離世的他，是否一切都好……無論什麼原因，讓你想學習動物溝通，這都是你必須擁有的一本書。

奔跑吧！浪浪：從街頭到真正的家‧莉丰慧民 V 館 22 個救援奮鬥的故事

楊懷民、大城莉莉、張國彬 著／定價：300 元

毛孩子傷痕累累的身體，以及受傷的心靈……都在他們滿滿的愛之下，一步步找回笑容。這不只是救援、不只是毛孩子，還是人類與毛孩子一起攜手奮鬥的故事，是天地之間，最觸動人心的篇章。